Anal

…orght

Les Misérables

de Victor Hugo

lePetitLittéraire.fr

VICTOR HUGO

POÈTE, DRAMATURGE, ROMANCIER ET HOMME POLITIQUE FRANÇAIS

- **Né en 1802 à Besançon (Doubs)**
- **Décédé en 1885 à Paris**
- **Quelques-unes de ses œuvres :**
    - *Hernani* (1830), pièce de théâtre
    - *Notre-Dame de Paris* (1831), roman
    - *Les Contemplations* (1856), recueil de poésie

Poète, romancier et dramaturge, Victor Hugo est l'écrivain emblématique du romantisme français, dont il est le chef de file. Homme politiquement engagé, il prend part à de grandes controverses comme le débat sur l'abolition de la peine de mort. Il est contraint à l'exil dès 1851, durant le Second Empire (1852-1870), dans les iles anglo-normandes : d'abord à Jersey, puis à Guernesey où il publie notamment *Les Misérables* (1862).

À sa mort en 1885, la République lui organise des obsèques nationales grandioses. Depuis, il est célébré comme l'un des plus grands écrivains français.

LES MISÉRABLES

UNE FICTION RÉALISTE AUX MULTIPLES FACETTES

- **Genre :** roman
- **Édition de référence :** *Les Misérables*, Paris, Gallimard, coll. « Bibliothèque de la Pléiade », 1956, 1 808 p.
- **1re édition :** 1862
- **Thématiques :** pauvreté, amour, mort, religion, rédemption, révolte

Les Misérables est un long roman publié en dix volumes en 1862. Très dense, la trame de cet ouvrage se centre sur le personnage de Jean Valjean, un ancien forçat condamné aux galères, et sur sa quête de la rédemption. Le héros fait de multiples rencontres qui sont autant de prétextes à la description de la misère qui accable le peuple, sur fond de reconstitution historique.

Succès phénoménal à sa sortie, bien que controversé, *Les Misérables* s'est imposé aujourd'hui comme l'une des œuvres les plus fécondes et les plus lues de la littérature française.

RÉSUMÉ

TOME I – FANTINE

Après de nombreuses années passées au bagne pour avoir volé du pain et tenté plusieurs fois de s'évader, le forçat Jean Valjean est finalement libéré. Alors qu'il arrive à Digne à la recherche d'un logement pour la nuit, son ancien statut de prisonnier lui ferme toutes les portes sauf celle de M. Myriel, l'évêque du village, qui lui offre gite et couvert.

Cependant, Jean Valjean s'enfuit inexplicablement dans la nuit en volant de l'argenterie. Il est repris par la police et conduit devant l'ecclésiastique. Ce dernier le couvre en prétextant, devant les trois gendarmes, qu'il s'agissait d'un cadeau. Il lui pardonne son méfait et l'enjoint à faire le bien : « – Jean Valjean, mon frère, vous n'appartenez plus au mal, mais au bien. C'est votre âme que je vous achète ; je la retire aux pensées noires et à l'esprit de perdition, et je la donne à Dieu. » (HUGO V., *Les Misérables*, Paris, Gallimard, coll. « Folio classique », t. I, 1973, p. 163)

Sur la route, Jean Valjean commet un dernier délit : il vole une pièce de quarante sous à un jeune garçon, Petit-Gervais. Pourtant, il regrette son geste et prend définitivement conscience de la portée des propos de l'évêque. Il est désormais un nouvel homme, destiné à faire le bien autour de lui.

À Paris vit une jeune femme nommée Fantine. Abandonnée par son compagnon qui l'a mise enceinte, elle ne peut bientôt plus faire face financièrement aux soins que lui demande sa fille, Euphrasie, surnommée affectueusement Cosette. Elle se résigne alors à quitter la capitale française pour Montreuil-sur-Mer (Pas-de-Calais) où elle espère trouver du travail. Se rendant compte que son enfant freinera considérablement son projet, elle décide de la confier aux Thénardier, un couple d'aubergistes qui accepte de prendre Cosette à sa charge en échange d'un paiement mensuel.

De retour dans sa ville natale, Fantine constate que tout a bien changé : en effet, un industriel, M. Madeleine, a relancé l'économie de la région. La jeune femme trouve un emploi pour subvenir à ses besoins et à ceux de sa fille, malgré les hausses de prix régulières pratiquées par les Thénardier pour des motifs fallacieux. Malheureusement, les autres ouvrières, jalouses de Fantine et découvrant qu'elle est une jeune mère sans s'être jamais mariée, parviennent à la faire renvoyer grâce à un ordre prétendument donné par M. Madeleine. Au bord du désespoir, la mère de Cosette finit par se prostituer afin d'affronter les exigences toujours plus importantes des deux aubergistes peu scrupuleux.

Un jour, une altercation avec un bourgeois provoque l'arrestation de Fantine par l'inspecteur Javert. Malgré ses supplications, l'agent la condamne à six mois de prison. Pourtant, la sentence est contestée par M. Madeleine, devenu maire entretemps. Devant les insultes de Fantine qui le tient pour responsable de son malheur, il comprend le vilain tour qui lui a été joué par ses ouvrières et décide de réparer la méprise : il lui promet de payer les dettes qu'elle doit aux Thénardier et de ramener Cosette à Montreuil. Il fait également hospitaliser Fantine dont la santé décline.

En voyant que la jeune femme arrive à régler ses dettes, les Thénardier tentent de lui extorquer davantage d'argent tout en refusant de céder Cosette, devenue une véritable mine d'or. Alors qu'il se résout à aller chercher l'enfant lui-même, le maire est mis au courant par Javert d'une étrange affaire. Un certain Champmathieu a été arrêté : ce dernier, qui semblerait être Jean Valjean, sera jugé le lendemain à Arras (Pas-de-Calais). Or M. Madeleine sait que ce n'est pas vrai car c'est lui le véritable Jean Valjean. Après de nombreuses hésitations, il décide de se rendre au procès afin de se livrer et d'éviter une erreur judiciaire.

Parvenu à Arras, il avoue son identité et témoigne de sa conversion :

> « – [...] Vous étiez sur le point de commettre une grande erreur, lâchez cet homme, j'accomplis un devoir, je suis ce malheureux condamné. [...] J'avais pourtant fait de mon mieux. Je me suis caché sous un nom ; je suis devenu riche, je suis devenu maire ; j'ai voulu rentrer parmi les honnêtes gens. Il paraît que cela ne se peut pas. Enfin, il y a bien des choses que je ne puis pas dire, je ne vais pas vous raconter ma vie, un jour on saura. J'ai volé monseigneur l'évêque, cela est vrai ; j'ai volé Petit-Gervais, cela est vrai. » (Gallimard, coll. « Folio Classique », t. I, p. 373-374)

Le prévenu est innocenté et Jean Valjean retourne promptement à Montreuil au chevet de Fantine, très souffrante :

> « "– Je ne veux pas déranger davantage l'audience, reprit Jean Valjean. Je m'en vais, puisqu'on ne m'arrête pas. J'ai plusieurs choses à faire. Monsieur l'avocat général sait qui je suis, il sait où je vais, il me fera arrêter quand il voudra [...]"

> Pas une voix ne s'éleva, pas un bras ne s'étendit pour l'empêcher. [...] Il avait en ce moment ce je ne sais quoi de divin qui fait que les multitudes reculent et se rangent devant un homme. » (Gallimard, coll. « Folio Classique », t. I, p. 376)

Peu après, Javert vient l'arrêter à l'hôpital et révèle à la jeune femme la véritable nature de M. Madeleine, qui ne serait qu'un truand en rupture de ban :

> « – Nous ne tenons pas seulement un voleur de fruits, un maraudeur ; nous tenons là, dans notre main, un bandit, un relaps en rupture de ban, un ancien forçat, un scélérat des plus dangereux, un malfaiteur appelé Jean Valjean que la justice recherche depuis longtemps, et qui, il y a huit ans, en sortant du bagne de Toulon, a commis un vol de grand chemin à main armée sur la personne d'un enfant savoyard appelé Petit-Gervais [...] » (Gallimard, coll. « Folio Classique », t. I, p. 359)

Comprenant qu'à cause de cette arrestation, elle ne reverra jamais Cosette, Fantine meurt de chagrin. Emprisonné, Jean Valjean s'évade. Puis, ayant repris tous ses avoirs financiers et quelques effets personnels, il décide de quitter la région.

TOME II – COSETTE

Après être passé par Waterloo (une occasion pour l'auteur de se remémorer la célèbre bataille de 1815) et avoir longuement erré, Jean Valjean est à nouveau arrêté. Alors qu'il s'apprête à monter sur *L'Orion*, la galère sur laquelle il a été condamné à ramer, il est autorisé par son surveillant à venir en aide à un marin qui a perdu l'équilibre et se retrouve en danger de mort. S'il parvient à le sauver, Jean Valjean tombe néanmoins à la mer et ne reparait plus : on le considère alors comme mort.

Cela fait désormais cinq ans que Cosette est à la solde des fourbes Thénardier. Maltraitée par ces derniers, elle s'acquitte des tâches les plus pénibles de l'auberge. Un jour, alors que la nuit tombe, elle est envoyée par ses bourreaux à la rivière pour puiser de l'eau. Bien que transie de peur, elle parvient à accomplir sa corvée.

Alors qu'elle peine à rentrer à l'auberge, un homme l'aide à porter son fardeau et l'amène à bon port : c'est un voyageur à la recherche d'un abri. Arrivé à la taverne, il empêche les Thénardier de maltraiter Cosette et comble la fillette de présents en lui offrant une poupée qui la faisait beaucoup rêver, au grand dam des aubergistes. Le lendemain, le visiteur négocie la libération de Cosette, qui coute finalement cher aux Thénardier, contre un dernier paiement. Ainsi, la fille de Fantine quitte l'établissement avec son mystérieux bienfaiteur, qui n'est autre que Jean Valjean.

Tous deux arrivent à Paris. Jean Valjean loue une chambre dans une vieille bâtisse, la masure Gorbeau, afin de s'y cacher avec Cosette. Ils y mènent une vie simple et paisible. Très vite, l'ancien prisonnier se fait une réputation de généreux donateur.

Sa miséricorde interpelle les Parisiens, surtout lorsque l'ancien bagnard demande régulièrement à sa concierge de lui échanger des billets de mille francs, signe d'une richesse qui contraste avec son aspect misérable. Ce mystère arrive aux oreilles de l'inspecteur Javert qui décide de mener une enquête. Conscient d'être surveillé, Jean Valjean décide de fuir. Mais il est piégé par le policier qui a compris à qui il avait affaire. Après une course-poursuite dans les rues de la capitale, le bagnard et la fillette parviennent à lui échapper en atterrissant dans le jardin du couvent Petit-Picpus.

Dans ce lieu, Valjean est reconnu en tant que M. Madeleine par Fauchelevent, un ancien commerçant devenu jardinier auquel le maire avait jadis sauvé la vie. Après de longues réflexions, il accepte d'aider le bagnard et la fillette : il pourra les faire entrer au couvent en les faisant passer pour son frère, Ultime Fauchelevent, et pour sa fille. Cependant, les deux nouveaux venus doivent franchir la porte du couvent pour y être acceptés :

> « [P]our un malheureux dans sa position, ce couvent était à la fois le lieu le plus dangereux et le plus sûr ; le plus dangereux, car, aucun homme ne pouvant y pénétrer, si on l'y découvrait, c'était un flagrant délit, et Jean Valjean ne faisait qu'un pas du couvent à la prison ; le plus sûr, car si l'on parvenait à s'y faire accepter et à y demeurer, qui viendrait vous chercher là ? Habiter un lieu impossible, c'était le salut. » (Gallimard, coll. « Folio Classique », t. I, p. 671)

Il faut donc que Jean Valjean sorte des lieux afin d'entrer au couvent par la porte principale, ce qui lui permettra d'y être véritablement admis. Si faire sortir Cosette du cloitre s'avère aisé, c'est en revanche beaucoup plus difficile pour Jean Valjean, qui craint d'être repéré par Javert. Heureusement, le décès d'une sœur qu'on veut enterrer illégalement sous l'autel facilite les choses : le forçat prend sa place dans le cercueil qui sort du couvent. Fauchelevent, en tant qu'ami du fossoyeur, s'arrange pour faire sortir l'ancien bagnard avant de reboucher la fosse.

Après avoir repris Cosette, logée non loin de là, Jean Valjean et elle entrent officiellement au couvent où ils mènent une existence paisible.

TOME III – MARIUS

Gavroche, un gamin misérable errant dans les rues de Paris, rend visite à ses parents, les Jondrette, qui habitent la masure Gorbeau. À côté de la chambre qu'ils occupent vit un jeune homme pauvre dénommé Marius. Ce dernier est le fils du colonel Pontmercy, un ancien soldat de Napoléon (empereur des Français, 1769-1821) sauvé par hasard à la bataille de Waterloo par Thénardier, qui tentait de le détrousser.

Déchu de tous ses titres à la chute de l'Empire, le colonel Pontmercy a épousé la fille du riche bourgeois Gillenormand, morte en donnant la vie à Marius. M. Gillenormand, réticent à ce mariage, s'est emparé de l'enfant en menaçant son petit-fils de déshéritement, tout en interdisant au père d'essayer de le voir. L'ancien colonel transgresse cependant souvent cette règle pour observer quelques secondes son fils sur le chemin de l'église. Se rendant peu après dans le bâtiment sacré, il confie son destin tragique au père Mabeuf.

Un jour, Marius reçoit une lettre de son père lui indiquant qu'il est mourant et qu'il voudrait le revoir une dernière fois. Gillenormand consent à cette visite, mais Marius arrive trop tard. Peu après, lors d'une messe, ce dernier apprend la vérité sur son père par le père Mabeuf : si Gillenormand avait dépeint un portrait peu flatteur de son père, Marius comprend que la réalité est tout autre. C'est un choc pour le jeune homme qui, après de nombreuses recherches, découvre la véritable identité de son père. Dès lors, il décide de lui vouer une certaine adoration, se fait appeler Marius Pontmercy et cherche la trace du sauveur de son père, un certain Thénardier. Lorsque son grand-père l'apprend, une dispute éclate entre les deux hommes, au terme de laquelle Marius quitte la maison familiale.

Marius, sans le sou, débarque alors à Paris. Très vite, il se lie d'amitié avec les membres des Amis de l'ABC, un groupuscule républicain. Trois ans plus tard, sa situation financière est stable : il occupe une chambre de la masure Gorbeau et parvient à vivre convenablement malgré ses petits moyens. Il rend souvent visite au père Mabeuf qui habite non loin de là et profite de son temps libre pour se balader dans les Jardins du Luxembourg.

Dans ce parc, le jeune homme rencontre une jeune fille accompagnée par un vieil homme qu'il croit être son père. Tout comme le font d'autres étudiants de son âge, il les nomme M. Leblanc et Mlle Lanoire, en raison de leur apparence physique. Tombé éperdument amoureux de cette étrange promeneuse, Marius se rend tous les jours aux Jardins afin de l'apercevoir. Puis, un jour, le couple espace ses visites jusqu'à ne plus venir du tout, ce qui afflige énormément le fils du colonel Pontmercy. Il tente en vain d'obtenir leur adresse.

Quelques semaines plus tard, Marius observe ses voisins, les Jondrette, à travers une cloison de fortune et ne peut que constater leur extrême pauvreté. Il s'aperçoit que ceux-ci reçoivent la visite de bienfaiteurs dans lesquels il reconnait la fille et l'homme âgé des Jardins du Luxembourg. Ces derniers promettent à la famille de revenir plus tard dans la journée pour leur donner de l'argent.

Alors que le couple quitte la chambre, Marius entend que Jondrette a l'intention de piéger M. Leblanc à son retour afin de le dépouiller de ses biens. Effrayé, le jeune homme va se confier à Javert, qui s'était infiltré dans le cercle des Amis de l'ABC, et, ensemble, ils montent un plan : Marius sera muni de deux pistolets et observera la scène depuis sa cachette. Lorsque les choses tourneront mal, il devra faire feu : à ce signal, l'inspecteur et ses hommes interviendront.

Plus tard, alors que M. Leblanc pénètre dans la chambre des Jondrette, il est accueilli par le maitre des lieux accompagné d'un groupe de bandits. Très vite, malgré une résistance surprenante, le vieil homme se retrouve ligoté. Jondrette révèle alors sa véritable identité : il s'agit de Thénardier. Marius est médusé en comprenant que le sauveur de son père est un dangereux personnage. Ce dernier réclame à M. Leblanc la somme de deux-cent-mille francs, car il lui aurait auparavant volé son « gagne-pain ».

Pour s'assurer sa docilité, Thénardier le force à lui communiquer son adresse afin que ses comparses puissent prendre sa fille en otage : or, après vérification, l'adresse fournie par M. Leblanc se révèle être fausse. Alors qu'il veut se venger, Thénardier constate que le vieil homme a tenté de se libérer, en vain. Pris au piège, M. Leblanc est contraint de se rendre à ses bourreaux. Mais l'intervention de Javert le sauve in extrémis. Tout le monde est arrêté et emprisonné excepté

M. Leblanc, alias Jean Valjean, qui a profité du tumulte pour s'enfuir.

TOME IV – L'IDYLLE DE LA RUE PLUMET

Jean Valjean, connu désormais sous le nom d'Ultime Fauchelevent, a quitté le couvent pour s'installer rue Plumet avec Cosette et une servante. Il a également acheté deux autres appartements où il séjourne en alternance pour éviter d'éveiller les soupçons sur sa personne.

Cosette est devenue une fille ravissante qui est très heureuse de demeurer auprès de celui qu'elle considère comme son père.

Marius, quant à lui, est encore bouleversé par les évènements de la veille et par l'arrestation de Thénardier, l'homme qu'il a tant cherché. Il quitte la masure Gorbeau. Dans la rue, le peuple gronde à cause des mesures prises par le roi Louis-Philippe (roi des Français, 1773-1850) et commence à se préparer pour une éventuelle révolution.

Un jour, Éponine, l'une des filles de la famille Thénardier, vient trouver Marius en lui disant qu'elle a retrouvé l'adresse de Mlle Lanoire. En effet, bien qu'elle soit secrètement amoureuse du jeune homme, elle souhaite avant tout son bonheur. Marius s'y rend et dépose une lettre à l'attention de Cosette. Cette dernière a beaucoup évolué : consciente de sa beauté, elle prend gout à s'afficher dans les rues de Paris, au grand dam de Jean Valjean qui a l'impression que celle qu'il considère comme sa fille se détache de lui. En outre, il se méfie grandement de Marius.

Peu après, Cosette découvre la lettre du fils de Pontmercy. Elle ne l'avait pas oublié, ce promeneur qu'elle avait aperçu dans le parc : ainsi apprend-elle que leurs sentiments sont réciproques. Ils parviennent à se voir de nuit dans le jardin de la maison où nait leur idylle.

Le temps passant, Marius compte demander la main de Cosette à M. Leblanc. Il sait pourtant qu'il ne pourra y arriver sans la bénédiction et la fortune de son grand-père, M. Gillenormand. Malheureusement, si ce dernier est heureux de revoir son petit-fils, il refuse de l'aider à obtenir un mariage. Déçu, Marius rentre chez lui pour apprendre que Cosette va partir en Angleterre sous l'impulsion de Jean Valjean, qui a remarqué l'attirance réciproque des deux tourtereaux. Il écrit alors une ultime missive à sa bienaimée dans laquelle il annonce qu'il mourra puisqu'il ne peut plus la revoir.

Pendant ce temps, Gavroche Jondrette, après avoir appris l'arrestation de sa famille, erre dans les rues à la recherche de nourriture. Sa situation précaire ne l'empêche pourtant pas de recueillir deux bambins jetés sur les routes et de les prendre sous son aile. Afin de pouvoir subvenir à leurs besoins, Gavroche aide un ami bandit à faire évader son père, Thénardier.

Plus tard, une émeute éclate et une barricade est mise en place. Très vite, Gavroche, le père Mabeuf et Marius rejoignent les Amis de l'ABC dans leur lutte. Les combats font rage entre la police et les révolutionnaires. Éponine meurt en protégeant Marius qu'elle aimait en secret. Javert, qui s'était infiltré parmi les contestataires pour les espionner, est arrêté et ligoté par les révolutionnaires. Quant au père Mabeuf, il est tué.

Jean Valjean reçoit la dernière lettre de Marius et comprend qu'il ne pourra rien faire contre son amour pour Cosette. Il décide alors de se rendre aux barricades et de sauver le jeune homme.

TOME V – JEAN VALJEAN

Malgré la virulence des canons, la barricade tient encore bon, mais le temps est désormais compté. Les révolutionnaires subissent de lourdes pertes : Gavroche est tué sous une pluie de balles et les Amis de l'ABC succombent les uns après les autres.

Grâce à ses prouesses passées, Jean Valjean obtient le droit d'exécuter Javert. Il l'emmène à l'écart mais, par bonté, ne l'exécute pas et le libère, tout en tirant un coup de feu en l'air pour que les révolutionnaires croient le policier mort. Revenant sur le champ de bataille, il voit Marius qui s'évanouit, touché par une balle. Il profite de la confusion générale pour s'emparer du corps du jeune homme et s'enfuir dans les égouts de Paris. Quant à la barricade, elle a définitivement cédé : ses instigateurs sont fusillés.

Après une progression éreintante dans le sous-sol de la capitale, Jean Valjean parvient à sortir des égouts avec l'aide de Thénardier qui ne l'a pas reconnu. Mais il se trouve ensuite nez à nez avec Javert qui s'empare de lui. Se croyant prisonnier pour de bon, il obtient la faveur de ramener Marius chez les Gillenormand afin qu'il soit soigné. Ensuite, l'inspecteur se volatilise et Valjean est libre. Plus tard, pris de remords pour cet acte, tourmenté entre « le crime de laisser échapper un homme, et le crime de l'arrêter », le policier se donne la mort (HUGO V., *Les Misérables*, Paris, Gallimard, coll. « Folio classique », t. II, 1995, p. 727)

Six mois plus tard, Marius est rétabli et cherche en vain la mystérieuse personne qui l'a sauvé sur les barricades. Entretemps, M. Gillenormand, rempli de joie d'avoir retrouvé son petit-fils, accorde sa bénédiction pour l'union de Marius et Cosette. « M. Leblanc » fait de même et offre au couple toute la richesse accumulée du temps où il était encore« M. Madeleine ». Le mariage est célébré en grande pompe. Mais Jean Valjean ne peut participer à l'allégresse générale car il a le sentiment d'avoir perdu Cosette pour toujours. Cette dernière s'intéresse en effet de moins en moins à lui malgré leurs entrevues régulières.

Pour éviter à Marius d'avoir des problèmes, Jean Valjean lui révèle sa véritable identité et son statut d'ancien forçat. Abasourdi, le fils de Pontmercy (qui ignore encore que Jean Valjean est son sauveur) le chasse de chez lui. Le bagnard s'enferme dans sa demeure et commence à dépérir.

Peu après, Thénardier se présente chez Marius en tant que messager d'une information de la plus grande importance : Jean Valjean est un ancien forçat et un meurtrier. Si le jeune homme est au courant de la première partie de la sentence, la seconde le laisse plus perplexe. Pour appuyer ses propos, Thénardier lui montre un bout d'étoffe arraché à la victime du bagnard.

Or Marius reconnait le morceau manquant à la veste qu'il portait le jour de la barricade : il comprend dès lors que son sauveur est en réalité Jean Valjean.

Ayant chassé Thénardier, il se rend avec Cosette au domicile du héros. Ce dernier est à l'agonie. Après avoir rappelé certains souvenirs, avoué à Cosette ce qu'il sait de sa mère et pardonné le couple, Jean Valjean s'éteint, apaisé.

ÉTUDE DES PERSONNAGES

Comme l'indique son titre, *Les Misérables* dresse le portrait de différents personnages qui ont tous en commun d'être frappés par la misère, qu'elle soit matérielle ou psychologique. Cependant, en analysant de plus près le destin des différents protagonistes, on peut les classer en trois catégories distinctes.

CEUX QUI PARVIENNENT À SORTIR DE LA MISÈRE

Jean Valjean (alias M. Madeleine et M. Leblanc)

Jean Valjean est un ancien prisonnier condamné aux galères qui se pose d'emblée comme le personnage principal du roman, celui qui constitue le fil rouge du récit. Ainsi est-il le héros mythique de la grande épopée des *Misérables*, au cours de laquelle il poursuit un véritable parcours initiatique.

Né d'une famille de paysans, Jean Valjean vit dans la pauvreté. Dès lors, il est rapidement contraint de voler afin de nourrir sa fratrie, ce qui le mènera à se faire incarcérer pendant un peu moins de vingt ans. Initialement bourru et sérieux, il change foncièrement de personnalité et devient peu à peu stoïque au terme de ces deux décennies d'enfermement.

Son emprisonnement initial marque déjà une étape dans son évolution : « Jean Valjean était entré au bagne sanglotant et frémissant ; il en sortit impassible. Il y était entré désespéré ; il en sortit sombre. » (Gallimard, coll. « Folio

Classique », t. I, p. 140) Il hait alors la société qu'il juge responsable de sa condition.

À sa sortie de prison, il commet encore quelques méfaits. Parce qu'il est hors-la-loi, Jean Valjean doit continuellement fuir. Ainsi, son déplacement est aussi celui d'un vagabond, d'un homme qui se déplace d'un lieu vers un autre pour trouver refuge. Dès sa première apparition à Digne où il cherche un gite pour la nuit, il est présenté comme un voyageur muni d'un bâton, objet symbolisant la marche, voire l'errance. Sa réputation le précédant, il est d'abord chassé par tous les gens qu'il rencontre, avant de faire la connaissance de l'évêque :

> « Voici. Je m'appelle Jean Valjean. Je suis un galérien. J'ai passé dix-neuf ans au bagne. Je suis libéré depuis quatre jours et en route pour Pontarlier qui est ma destination. Quatre jours que je marche depuis Toulon. Aujourd'hui, j'ai fait douze lieues à pied. Ce soir, en arrivant dans ce pays, j'ai été dans une auberge, on m'a renvoyé à cause de mon passeport jaune que j'avais montré à la mairie. Il avait fallu. J'ai été à une autre auberge. On m'a dit : Va-t-en ! Chez l'un, chez l'autre. Personne n'a voulu de moi. J'ai été à la prison, le guichetier n'a pas ouvert. J'ai été dans la niche d'un chien. Ce chien m'a mordu et m'a chassé, comme s'il avait été un homme [...] » (Gallimard., coll. « Folio Classique », t. I, p. 123)

Cette rencontre avec l'évêque de Digne est pour lui décisive : il prend conscience de ce que la misère a opéré en lui et s'engage désormais à faire le bien. Un long chemin vers la rédemption commence alors pour l'ancien bagnard, non sans sacrifices. Il rencontre sur sa route une foule de personnages, parmi lesquels se trouvent des alliés tels que

Fantine, ou des ennemis dont le policier Javert est le premier représentant.

Ainsi, Jean Valjean devient M. Madeleine, un industriel discret et taciturne qui combat la pauvreté en relançant l'emploi et en créant de nombreuses institutions d'utilité publique (dont des hôpitaux). Il redistribue une grande partie de ses richesses en aumône ou en œuvres de charité. Une manifestation de cette lutte contre l'indigence est la prise sous sa protection de Fantine dont il promet d'améliorer le sort en payant ses dettes et en libérant sa fille Cosette des griffes des Thénardier.

Cependant, malgré la bonté dont il fait preuve sous sa nouvelle identité, le passé de galérien de Jean Valjean le rattrape vite. Il décide désormais d'assumer ce qu'il est et de se sacrifier : on le voit ainsi renoncer à sa tranquillité pour éviter un procès injuste à un innocent. Arrêté peu après par l'inspecteur Javert, il assiste impuissant à la mort de Fantine qui a perdu l'espoir qu'elle avait placé en lui de retrouver sa fille.

Vivement choqué par ce décès, Jean Valjean met en œuvre ses talents de forçat pour servir sa cause : il s'échappe, retrouve Cosette et parvient à l'arracher aux Thénardier. Ils se réfugient dans un couvent où le héros développe une grande tendresse pour cette enfant qui le considère désormais comme un père et illumine sa vie. Cette affection devient sa raison de vivre et il s'accapare peu à peu l'attention de Cosette. Il n'en oublie néanmoins pas ses principes de charité et continue d'utiliser sa richesse restante pour aider les pauvres.

Lorsque Marius fait irruption dans la vie de Cosette, Jean Valjean éprouve de la jalousie (sentiment inconnu pour lui jusqu'à alors) et de la crainte à l'idée de perdre sa fille. S'il essaie, dans un premier temps, d'éloigner le jeune homme de sa source de bonheur, il comprend qu'il perdra Cosette en tentant de la priver de l'homme qu'elle aime : il décide de se sacrifier à nouveau.

Il se rend alors à la barricade et sauve Marius en s'enfuyant par les égouts. Ensuite, il célèbre amèrement la noce du couple : dans son cœur, il a le sentiment d'avoir perdu Cosette pour toujours. Cette impression se confirme par le désintérêt que Cosette lui manifeste et son expulsion lorsqu'il révèle à Marius sa véritable identité. Détruit par son passé et mesurant avec horreur le prix élevé de son sacrifice (la disparition de ce qui faisait sa joie), la ferveur de son engagement pour le bien vacille et il dépérit.

Lorsque Marius et Cosette arrivent en trombe dans sa chambre, Jean Valjean est agonisant. Mais, en homme profondément bon, il pardonne au couple ses fautes. Ayant retrouvé son bonheur et accompli son repentir, il meurt en paix.

L'identité de ce héros marginal est mouvante, puisqu'il tente de se cacher de Javert. D'abord connu sous le nom de Jean Valjean, il devient plus tard M. Madeleine ou encore Ultime Fauchelevent ; il se fait également appeler Monsieur Leblanc par Marius. Héros sans lieu ni nom, Jean Valjean est un personnage symbolique qui donne, par les rencontres qu'il fait et par son cheminement, une représentation très complète de la misère de l'époque.

Cosette (alias Euphrasie et Mlle Lanoire)

Cosette, de son vrai nom Euphrasie, est l'enfant de Fantine et, par la suite, la fille adoptive de Jean Valjean. Elle est parfois surnommée « l'alouette » lors de son séjour chez les Thénardier à cause de son aspect farouche et chétif.

Pour ce personnage, la misère commence dès la naissance : elle est en effet le fruit (non désiré) d'une brève union. Très vite orpheline de père, Cosette connait un début de vie difficile : sa mère ne pouvant subvenir à ses besoins, elle la confie aux Thénardier avec l'espoir que le couple d'aubergistes s'occupera convenablement de sa fille jusqu'à ce que sa situation lui permette de reprendre son enfant à sa charge.

Malheureusement, cette nouvelle famille la maltraite, la méprise, l'humilie (elle est vêtue de haillons, mange avec les chiens, vit et dort sous une table) et lui fait effectuer les tâches les plus pénibles. Cosette, qui ne comprend pas l'origine de cette méchanceté dont elle est victime, s'accommode de ces dures conditions de vie.

Son calvaire prend fin lorsque Jean Valjean l'arrache aux Thénardier et fuit avec elle jusqu'au couvent Petit-Picpus. Là-bas, durant quelques années, elle jouit d'une existence tranquille, se forgeant une éducation auprès des sœurs et s'épanouissant auprès de son sauveur.

Lorsqu'elle quitte le cloitre pour la vie parisienne, Cosette adopte une attitude réservée et se met entièrement au service de Jean Valjean, préférant sa compagnie au monde extérieur. Cependant, elle se rend vite compte de sa beauté et tombe amoureuse de Marius Pontmercy. Cette découverte de l'amour l'amène à adopter des habitudes plus coquettes et à prendre petit à petit son indépendance vis-à-vis de son père adoptif, qui tente à tout prix de la reprendre avec lui. Si l'idylle se concrétise finalement, elle est source de souffrances pour Cosette, tiraillée entre son affection pour Jean Valjean et sa passion pour Marius.

Une fois mariée, elle s'éloigne définitivement de ce père adoptif qui devient gênant à ses yeux. Elle est désormais emplie de naïveté amoureuse (à l'instar de sa mère), n'ayant plus d'yeux que pour son époux, tandis que son gout du luxe augmente proportionnellement à sa richesse.

Lorsqu'elle reprend conscience de tout ce que Jean Valjean a fait pour la sortir de la misère, il est trop tard : ce dernier décède après lui avoir accordé son pardon.

Marius Pontmercy

Fils de l'ancien colonel Pontmercy, Marius est le petit-fils du bourgeois Gillenormand et devient le mari de Cosette à la fin du roman. Il est également lié au groupe des Amis de l'ABC.

Arraché à son père sous la menace d'un déshéritement, le petit Marius est élevé par son grand-père et tout entier investi des convictions royalistes de son mentor. La découverte des exploits militaires de son père lui fait ouvrir les yeux : il voue désormais, à cet homme dont il ignorait tout, un véritable culte. Il devient bonapartiste et se jure de retrouver Thénardier, l'homme qui a sauvé son père à la bataille de Waterloo. Peu après, une violente dispute avec Gillenormand le pousse à quitter la maison du bourgeois. Marius passe donc du jour au lendemain du confort à la précarité.

Réfugié à Paris, le jeune homme fait la connaissance des Amis de l'ABC dont l'aide va lui permettre de s'installer durablement dans la capitale. Après trois années de misère où il fait preuve d'une véritable volonté de s'en sortir seul (il refuse l'argent que lui envoie son grand-père), il parvient à occuper une chambre de la masure Gorbeau. Cependant, son coup de foudre pour Cosette dans les Jardins du Luxembourg l'étourdit à tel point qu'il retombe rapidement dans la précarité car il ne travaille plus. En outre, sa candeur est considérablement ébranlée par sa découverte inattendue de Thénardier, dont il se rend compte de la nature malhonnête lors de l'agression de Jean Valjean.

Son humeur assombrie s'éclaircit grâce à la relation qu'il parvient à nouer avec Cosette. Pourtant ce bonheur est de courte durée : il n'arrive pas à réunir les fonds nécessaires auprès de M. Gillenormand qui lui permettraient d'épouser sa bienaimée tandis que Jean Valjean tente de l'éloigner de cette dernière. Ces deux nouvelles font surgir un nouveau sentiment chez lui : le désespoir. Ainsi, c'est avec la volonté de mourir qu'il vient soutenir les Amis de l'ABC à la barricade. Blessé et étourdi, il est finalement secouru par le bagnard.

Peu après, la célébration de son mariage et la richesse qui lui est octroyée par la dot de Cosette lui font retrouver son caractère habituel. Sa nouvelle situation le fait néanmoins tomber dans les excès de ceux qui jugent les misérables : en apprenant la vie passée de Jean Valjean, il le chasse de sa demeure. Il faudra une entrevue avec Thénardier pour lui faire réaliser l'injustice de son acte. Il sera cependant pardonné par l'ancien prisonnier avant que ce dernier ne pousse son dernier soupir.

CEUX QUI PROFITENT DE LA MISÈRE

Thénardier (alias Jondrette)

Aubergiste rusé et sournois, doté d'une tendance à la méchanceté et à la recherche du profit, Thénardier est l'ennemi de Jean Valjean, auquel il regrette d'avoir cédé Cosette. Il est également le père d'Éponine, d'Azelma, de Gavroche et des deux jeunes garçons que ce dernier recueille.

Avant de faire ses études d'hôtellerie et de se marier, Thénardier est un maraudeur qui vit surtout de petits larcins. C'est en détroussant les cadavres du champ de bataille de Waterloo qu'il sauve la vie du père de Marius. Il se servira de ce fait pour établir son cabaret à Montfermeil où il recueillera et exploitera Cosette. Bien que son but ultime soit de devenir riche, les affaires vont cependant mal : sa famille vit dans la misère et croule sous les dettes. Cela oblige Thénardier à recourir à toutes sortes d'astuces afin de sortir la tête de l'eau, que ce soit de manière légale ou non (pratique de prix prohibitifs, extorsion de fonds, etc.).

En faillite, Thénardier et sa famille s'installent à Paris dans la masure Gorbeau sous le nom de Jondrette. Là, il use et abuse de sa pauvreté et de nombreuses identités afin de tromper et voler ses bienfaiteurs. Il entretient également des relations avec un groupe de bandits qui l'assistera lors de l'agression de Jean Valjean. Malheureusement pour lui, cette dernière tourne mal et il est emprisonné.

Rapidement libéré par ses compagnons, Thénardier plonge à nouveau dans diverses affaires suspectes pour assurer sa subsistance : c'est ainsi qu'après avoir libéré Jean Valjean des égouts (croyant avoir aidé un meurtrier), il comprend son erreur et tente de faire chanter Marius. Mais ce dernier, outré, le chasse et lui paie un aller simple pour l'Amérique où il s'établira en tant que négrier pour tirer profit de la traite des Noirs.

Gavroche

Gavroche Thénardier est le troisième enfant du couple. Il a été très tôt chassé de la masure Gorbeau par ses parents qui ne voulaient plus de lui. Avec le temps, il a tissé des liens d'amitié avec le groupe de bandits que fréquentera plus tard son père.

Ce personnage est l'occasion pour Victor Hugo de dépeindre le type du gamin des rues de Paris, autrement dit un garçon roublard, rusé, jouant souvent des mauvais tours aux bourgeois pour s'amuser et dont la particularité est de parler le langage populaire de l'époque, l'argot :

> « – Keksekça ?
> Ceux de nos lecteurs qui seraient tentés de voir dans cette interpellation de Gavroche au boulanger un mot russe ou polonais, ou l'un de ces cris sauvages que les Yoways et les

> Botocudos se lancent du bord d'un fleuve à l'autre à travers les solitudes, sont prévenus que c'est un mot qu'ils disent tous les jours (eux nos lecteurs) et qui tient lieu de cette phrase : qu'est-ce que c'est que cela ? » (Gallimard, coll. « Folio Classique », t. II, p. 275)

Jeté à la rue, Gavroche survit dans cet univers hostile grâce à sa connaissance parfaite des routes de la capitale, son agilité et un grand sens de la répartie. Constamment misérable et sans le sou, il préfère ce mode de vie aux autres car il lui offre une totale liberté.

Ses conditions de vie précaires ne l'empêchent néanmoins pas d'être généreux avec les autres miséreux qu'il rencontre : il donne une bourse volée au père Mabeuf alors en proie à de graves soucis financiers ou protège deux jeunes garçons sans logement.

Attiré par les troubles naissants dans Paris, il se joint bientôt aux défenseurs de la barricade où, malgré son jeune âge, ses railleries et son enthousiasme lui valent rapidement le respect de tous. Alors qu'il collecte des cartouches sur les soldats morts, la protection que lui fournissait le brouillard disparait et, à découvert, il meurt criblé de balles.

CEUX QUE LA MISÈRE A DÉTRUITS

Fantine

Bien que son apparition soit de courte durée dans le roman, Fantine occupe une place importante en tant que mère de Cosette. Hugo la dépeint au départ comme une jeune fille très belle mais discrète et terriblement naïve.

Abandonnée par son compagnon Tholomyès, elle se retrouve rapidement dans une situation précaire, aussi bien matériellement (elle doit trouver des fonds afin de pourvoir aux besoins de sa fille) que psychologiquement (elle est durement marquée par la honte d'avoir accouché d'un enfant en n'étant pas mariée). La difficulté de sa situation la pousse à céder son enfant aux Thénardier avec l'espoir qu'ils la traitent correctement grâce à la somme qu'elle leur alloue.

Arrivée dans sa ville natale de Montreuil-sur-Mer, elle connait une courte période de félicité en travaillant dans l'entreprise de M. Madeleine. Mais la jalousie des autres ouvrières conjuguée à son passé qui la rattrape provoquent injustement son renvoi. Privée de sa source de revenus, Fantine sombre à nouveau dans la misère, une pauvreté qui va la marquer à la fois de manière physique (pour payer les traites des Thénardier, elle vend ses cheveux ainsi que deux dents) et morale (elle va jusqu'à se prostituer pour payer ses charges). Tous ses sacrifices sont tournés vers un seul but : reprendre un jour Cosette aux aubergistes.

C'est cet espoir qui la maintient en vie à l'hôpital de M. Madeleine, et ce malgré la gravité de son état de santé. Une aspiration qui, malgré tous les efforts du maire, ne sera pas rencontrée. Et lorsque Javert le lui signifie, elle meurt, ayant perdu la seule chose qui donnait un sens à son existence.

Javert

Javert occupe le rôle d'inspecteur. Né de parents incarcérés, il tire son engagement dans la police de sa volonté de se distinguer du destin des deux misérables qui lui ont donné la vie. En tant que gardien de la paix, il est l'ennemi de Jean Valjean dont il a croisé plusieurs fois la route, ainsi que de Thénardier dont il suit régulièrement la piste.

Comme pour séparer davantage son caractère de celui de ses parents, Javert est animé par un respect aveugle de l'honnêteté et une adoration sans limites de la loi qu'il applique dans son sens le plus strict. C'est ainsi qu'il n'hésite pas à condamner Fantine à six mois de prison malgré des circonstances atténuantes simplement parce qu'elle a « attenté un bourgeois » (p. 224). En outre, lorsqu'il agit dans l'exercice de ses fonctions, il est persuadé d'avoir le droit tout-puissant à ses côtés. C'est pourquoi il n'éprouve aucune crainte lorsque les défenseurs de la barricade menacent de le tuer : il sait que cela fait partie des aléas d'une mission et qu'il est du bon côté de la barrière.

Ce zèle ne connait qu'une seule exception : lorsqu'il libère Jean Valjean après l'avoir capturé à la sortie des égouts. Cet acte est une sorte de remerciement envers le bagnard qui l'a épargné au lieu de le tuer lors du siège de la barricade. Cependant, cette incartade à son culte de la loi laissera des traces : Javert sera ainsi persuadé d'être devenu aussi misérable que ses parents et tous les criminels qu'il a côtoyés. Ce sentiment insupportable le poussera à mettre fin à ses jours.

CLÉS DE LECTURE

LE CONTEXTE HISTORIQUE

Les Misérables est un roman profondément imprégné de la situation politique française du XIXe siècle et des nombreux changements de régime. En situant la trame de l'ouvrage entre 1795 et 1833, Victor Hugo y distille de nombreuses références ou allusions historiques.

1789-1792 : la Révolution française et la Première République

Lassé des inégalités du système de l'Ancien Régime (régime politique qui s'étend de la Renaissance à la Révolution française), le peuple français se révolte contre le roi Louis XVI (1754-1793). Commence alors une révolution qui trouvera son accomplissement dans la prise de la Bastille, le 14 juillet 1789. Après une période de gestation pendant laquelle le pays est dirigé par une assemblée législative, la République est proclamée et son destin est pris en charge par un nouvel organisme : la Convention (régime politique français mis en place après la chute de Louis XVI lors de la Révolution afin de donner à la France une nouvelle constitution).

1793-1794 : la Terreur

Menacée d'invasion prussienne et victime d'un manque de ravitaillement, la France va mal. Pour résoudre ces problèmes, la Convention met en place un comité exécutif dont la direction est confiée à Robespierre (homme politique français, 1758-1794). Ce dernier établit des institutions révolutionnaires et profite de son autorité pour condamner à mort ses adversaires politiques, les ennemis du peuple et de l'État, ainsi que de simples suspects. Cette période de terreur est néanmoins abolie par l'arrestation et l'exécution de Robespierre.

1795-1799 : anarchie et coup d'État de Napoléon

À la suite de la Terreur, on essaie d'installer d'autres institutions pour gouverner le pays. Mais ces dernières se montrent inefficaces et la France est en proie à de nombreux conflits. Pour mettre fin à cette situation explosive, un jeune général français, Napoléon Bonaparte, fomente un coup d'État et prend le contrôle de la France : c'est le début de l'Empire.

1799-1815 : l'Empire napoléonien

Nommé d'abord en tant que premier consul, Napoléon obtient peu à peu les pleins pouvoirs, ce qui le pousse à créer un empire qu'il se met à diriger dès 1804 lorsqu'il est couronné empereur. Ambitieux, il imagine un vaste programme de conquêtes : l'Espagne, la Hollande, ainsi qu'une partie de l'Allemagne tombent bientôt sous sa coupe. Seule l'Angleterre reste invaincue.

S'étant mis en tête d'envahir la Russie, Napoléon subit un terrible revers (la bataille de la Bérézina, novembre 1812) et doit battre en retraite. Peu après, il est battu par ses anciens alliés germaniques et les Anglais à Fontainebleau (Île-de-France). Il est arrêté, déporté et emprisonné à l'ile d'Elbe (Italie). Un an plus tard, il s'évade et, avec l'aide de vétérans, tente de reprendre le pouvoir.

Cette entreprise durera cent jours, avant la défaite complète de Napoléon à Waterloo en 1815.

1815-1848 : le retour de la royauté (Restauration) et la monarchie de juillet

La chute de l'Empire provoque le retour du Louis XVIII (1755-1824, roi de France), le frère de Louis XVI, sur le trône. En 1830, Louis-Philippe d'Orléans (1773-1850, roi des Français), qui appartient à une autre branche de la dynastie, lui succède : il instaure la monarchie de juillet, soutenue par Hugo. Mais la prise de mesures contestées le rend vite impopulaire et son règne sera jalonné de révoltes de plus ou moins grande ampleur (notamment en juin 1832 avec l'Insurrection républicaine à Paris, une tentative de renverser la contestée monarchie de juillet).

En 1848, le peuple se soulève une nouvelle fois : la royauté est à nouveau abolie et la IIe République (1848-1852) est proclamée. Louis-Napoléon Bonaparte (président de la République française, 1808-1873) est élu à sa tête. Or les ambitions du neveu de Napoléon Ier vont le pousser rapidement à vouloir ériger son propre empire.

Les faits historiques présentés dans le récit des *Misérables* servent quelques fois de prétexte à Victor Hugo pour introduire des digressions sur des évènements qui lui semblent essentiels, même si ces derniers ont eu lieu des années plus tard. Il évoque ainsi les épisodes de la bataille de Waterloo ou de la Révolution française de 1848, afin d'introduire et d'appuyer ses convictions politiques : d'abord conservateur et royaliste, Hugo se revendiquera ensuite républicain et dénoncera bientôt le pouvoir en place et ses abus, bien qu'il ait auparavant soutenu Louis-Napoléon Bonaparte lors de son élection.

QUELQUES THÈMES DES *MISÉRABLES*

L'amour

Pilier du roman, l'amour prend plusieurs formes. En effet, Hugo décline différents types d'affections qui se terminent, pour la plupart, de manière tragique :

- l'amour sincère, symbolisé par le couple Marius-Cosette. C'est la seule forme de bonheur qui triomphe dans *Les Misérables* ;
- l'amour parental, qui trouve une illustration dans les relations entre Fantine et Cosette, Cosette et Jean Valjean. Ce type de tendresse se mue le plus souvent en sacrifice fatal : ainsi, Jean Valjean dépérira pour permettre à sa fille adoptive de vivre son idylle alors que Fantine se tuera à la tâche pour un enfant qu'elle ne reverra jamais et dont la perte provoquera sa mort définitive ;
- l'amour impossible représenté par le duo Éponine-Marius. Cet amour est également teinté d'un sacrifice tragique puisque c'est la fille de Thénardier, éperdument amoureuse du jeune homme, qui jette ce dernier dans les bras de Cosette et qui le sauve en prenant un coup de feu à sa place.

La mort

Les nombreux décès qui parsèment l'intrigue sont une deuxième thématique très prégnante. Ceux-ci sont souvent la conséquence du statut indigent des personnages, et ce indépendamment du type de fin proposée par Hugo :

- la mort de tous les malheureux anonymes opposés à la société française, victimes de la barricade (Gavroche, Mabeuf, etc.), à laquelle l'auteur a volontairement donné une dimension épique ;
- la mort misérable, qui marque souvent le bout du chemin de ceux qui ont vécu toute leur existence dans la misère et qui est souvent le résultat d'un sacrifice (Fantine et Jean Valjean) ;
- le suicide, qui ne concerne que le personnage de Javert et constitue pour Hugo une sorte de folie (pensons au titre du chapitre « Javert déraillé »), même s'il justifie longuement cet acte.

L'engagement politique

En plaçant son intrigue dans des années troublées d'un point de vue politique, Victor Hugo accorde une place prépondérante à cette période. On assiste à de longues descriptions des différents régimes mis en place (le bonapartisme, la royauté, etc.) et de leurs conséquences sur le peuple.

L'auteur évoque également d'autres idéologies plus prometteuses telles que la République, une « forme d'organisation politique dans laquelle les détenteurs du pouvoir l'exercent en vertu d'un mandat conféré par le corps social.

(En ce sens "république" s'oppose à "monarchie", mais ne se confond pas avec "démocratie", dans l'hypothèse, par exemple, d'une restriction du suffrage.) » (« République », in *larousse.fr*, consulté le 24 avril 2017).

Si, dans une première partie de sa vie, il vénère Napoléon Bonaparte et éprouve de l'affection pour Louis-Philippe, à l'heure d'écrire *Les Misérables*, Hugo est néanmoins un républicain convaincu car il estime que c'est le régime le mieux adapté pour le peuple. Aussi tente-t-il de le défendre dans son œuvre. Cette opinion explique en grande partie la dimension héroïque qu'il confère aux défenseurs de la barricade qui, même s'ils seront défaits, constituent les prémices de la réussite de 1848.

L'idéologie qui sous-tend le récit est clairement en faveur du peuple, bien que les positions prises par les personnages permettent d'avoir une vision globale des diverses croyances politiques de l'époque, qu'elles soient tolérées ou réprimées.

Après la parution des *Misérables*, Victor Hugo rentrera d'ailleurs au lendemain de la proclamation de la République en France, le 4 septembre 1870.

La religion

La religion occupe une place prépondérante dans ce roman. Elle est incarnée par l'évêque de Digne que Victor Hugo élève à l'état de saint.

Mais plus qu'un élément décliné à foison dans l'intrigue (mentionnons les digressions de l'auteur sur la philosophie des couvents de l'époque), la religion, et plus particulièrement Dieu, constitue une thématique omniprésente dans la plupart des descriptions et des réflexions qui en découlent. Ainsi, quand le narrateur décrit Jean Valjean :

> « La nature humaine se transforme-t-elle ainsi de fond en comble et tout à fait ? L'homme créé bon par Dieu peut-il être fait méchant par l'homme ? L'âme peut-elle être refaite tout d'une pièce par la destinée, et devenir mauvaise, la destinée étant mauvaise ? [...] N'y a-t-il pas dans toute âme humaine, n'y avait-il pas dans l'âme de Jean Valjean en particulier, une première étincelle, un élément divin, incorruptible dans ce monde, immortel dans l'autre, que le bien peut développer, attiser, allumer, enflammer et faire rayonner splendidement, et que le mal ne peut jamais entièrement éteindre ? » (Gallimard, coll. « Folio Classique, t. I, p. 143)

La religion est, en effet, à l'origine du processus de rédemption de Valjean qui s'impose comme un personnage christique par la bonté dont il fait preuve et par les sacrifices qu'il endure. Ce rapprochement sera d'ailleurs établi à plusieurs reprises dans le récit.

C'est aussi un prétexte à toute une série de métaphores. Citons par exemple le contenu de la lettre d'amour de Marius à Cosette où l'on retrouve un bon échantillon des phrases « divines » qui pullulent dans le roman :

> « Quelle grande chose, être aimé ! Quelle chose plus grande encore, aimer ! Le cœur devient héroïque à force de passion. Il ne se compose plus de rien que de pur ; il ne s'appuie plus

> sur rien que d'élevé et de grand. Une pensée indigne n'y peut pas plus germer qu'une ortie sur un glacier. L'âme haute et sereine, inaccessible aux passions et aux émotions vulgaires, dominant les nuées et les ombres de ce monde, les folies, les mensonges, les haines, les vanités, les misères, habite le bleu du ciel, et ne sent plus que les ébranlements profonds et souterrains de la destinée, comme le haut des montagnes sent les tremblements de terre. » (Gallimard, coll. « Folio Classique », t. II, p. 259)

La misère

Avec ce roman, Victor Hugo décide de prendre pour objet d'étude la misère, qui touche une grande partie de la population française de son époque. Pour aborder la question le plus largement possible, il façonne des personnages clés qui apparaissent comme des archétypes. Les misérables forment un tout indivisible, une masse considérable et bien souvent méprisée par la classe bourgeoise.

L'auteur ne fait pas ici qu'observer et décrire, via des parcours exemplaires, la pauvreté extrême. Il cherche à blâmer un système tout entier qui autorise encore l'existence d'une telle indigence et des souffrances qu'elle amène. Cela permet également de comprendre les réalités qui découlent du manque dont les personnages souffrent, car il n'est pas uniquement question d'argent (lequel possède plutôt une fonction symbolique dans le roman). Le fait de se trouver dans le besoin au quotidien engendre la remise en question des principes moraux, de l'éducation et des lois. La misère latente évolue aussi dans d'autres lieux, tels que les égouts ; les comportements et même le langage y sont transformés.

UN ROMAN À PLUSIEURS VEINES ?

La veine réaliste

Les Misérables est un texte imprégné d'une volonté de réalisme notamment dans la description des lieux (évoquons l'Éléphant de la Bastille, une fontaine monumentale voulue par Napoléon, où dort Gavroche, et qui a réellement existé) et des évènements (pensons aux scènes de barricade). En effet, Victor Hugo s'est beaucoup documenté afin de dresser le décor et les actions de la manière la plus crédible possible : c'est ainsi que l'auteur est capable de parler aussi bien des techniques d'évasion les plus couramment utilisées en prison que de la manière de dresser une barricade, ou encore de la fabrication artisanale des balles de fusil :

> « Dans un fossé sur le boulevard, entre le Père-Lachaise et la barrière du Trône, à l'endroit le plus désert, des enfants, en jouant, découvraient sous un tas de copeaux et d'épluchures un sac qui contenait un moule à balles, un mandrin en bois à faire des cartouches, une sébile dans laquelle il y avait des grains de poudre de chasse, et une petite marmite en fonte dont l'intérieur offrait des traces évidentes de plomb fondu. » (Gallimard, coll. « Folio Classique », t. II, p. 156)

La dimension sociale

Le roman se présente comme un véritable plaidoyer en faveur de celles et ceux qui sont jetés dans la pauvreté et la misère par la société. Au frontispice de son roman, Hugo écrit : « Tant que [...] l'asphyxie sociale sera possible, [...] des livres de la nature de celui-ci ne seront pas inutiles. » (Gallimard, coll. « Folio Classique », t. I, p. 27)

Ainsi, à travers l'indigence des protagonistes, Victor Hugo visite plusieurs classes sociales ou personnages que la société exclut ou détruit : le monde de la prison et l'impossibilité de se réinsérer complètement avec Jean Valjean, le travail exténuant des enfants avec Cosette, le refus d'appartenir à la société et les divergences politiques avec Marius, le crime avec Thénardier ou encore, l'univers parallèle des gamins de la ville à travers Gavroche.

Le but de ces différents portraits est de dépeindre tous les problèmes auxquels sont confrontés ces différents personnages, problèmes créés et entretenus par la société. Cette approche brute des faits va de pair avec une idéologie nouvelle, révolutionnaire, défendant la cause des classes sociales défavorisées.

L'esquisse de Paris tout au long de l'intrigue témoigne de ce souci du détail : bien qu'exilé à cause de sa contestation du régime dictatorial de Louis-Napoléon Bonaparte, Hugo envoyait régulièrement des émissaires dans la capitale française afin qu'on lui rende compte des moindres changements géographiques qui s'y déroulaient, ne pouvant les constater lui-même.

La veine romantique

Le romantisme

Le romantisme est un mouvement artistique et culturel qui se développe d'abord en Angleterre et en Allemagne à la fin du XVIIIe siècle, puis à travers l'Europe au XIXe siècle. Bien que la notion de « romantisme » regroupe une série de tendances variées, il s'articule, de manière générale, autour d'une volonté de liberté totale, de rupture avec les règles artistiques traditionnelles et avec la raison.

Dans la littérature, ces bouleversements s'opèrent tant au niveau de la forme (par l'exploration des genres, la création de néologismes ou, à contrario, la recherche d'archaïsmes), que du contenu (à travers l'importance de la rêverie et du fantastique, l'exaltation des sentiments et du « moi » intime, la mise en scène de l'Histoire, car il est aussi question d'une remise en cause du système en place, etc.).

Même si *Les Misérables* est un roman inclassable, tant il mêle différents genres et styles (les chansons de Gavroche, les lettres échangées, les vers cités par le narrateur, etc.), il est toutefois intéressant de comprendre dans quelle mesure il est marqué par le romantisme.

Victor Hugo joue un rôle central dans le développement de ce mouvement artistique et littéraire. De 1827 à 1829, le poète organise chez lui, rue Notre-Dame-des-Champs, les réunions du Cénacle lors desquelles se rassemblent des écrivains, des peintres et des sculpteurs. En octobre 1827, il offre dans la préface de *Cromwell* une théorie sur le drame romantique, dans laquelle il propose notamment de briser les règles littéraires traditionnelles et de laisser une plus grande place à la liberté du dramaturge.

De manière générale, le romantisme prône le renoncement aux formes classiques et contraignantes, il souhaite exalter les sentiments personnels (souvent liés à la souffrance, à la solitude et à la mélancolie), incite à la rêverie et trouve son inspiration dans la nature ainsi que dans l'Histoire.

Aussi l'influence romantique des *Misérables* se retrouve-t-elle dans le langage riche du roman (ornementant par exemple le discours du narrateur omniscient), audacieux par ses emprunts au registre populaire (notamment à l'argot des bandits), mais aussi aux sciences et à la poésie : l'auteur recourt régulièrement aux emphases et aux antithèses. Ainsi, on peut lire à propos de Jean Valjean lorsqu'il rencontre Cosette :

> « Il allait près du lit où elle dormait, et il y tremblait de joie ; il éprouvait des épreintes comme une mère et il ne savait ce que c'était ; car c'est une chose bien obscure et bien douce que ce grand et étrange mouvement d'un cœur qui se met à aimer.
> Pauvre vieux cœur tout neuf ! » (Gallimard, coll. « Folio Classique », t. I, p. 566)

Au niveau de la trame, le romantisme se marque dans le cheminement du héros solitaire, dans les exagérations qui caractérisent les descriptions et les actes des personnages. Ces derniers sont souvent caricaturaux :

- l'évêque incarne la foi aveugle et la bonté ;
- Javert, le respect total de la justice ;
- les Thénardier, la fourberie et la méchanceté :

> « Il existe des âmes écrevisses reculant continuellement vers les ténèbres, rétrogradant dans la vie plutôt qu'elles n'y avancent, employant l'expérience à augmenter leur difformité, empirant sans cesse, et s'empreignant de plus en plus d'une noirceur croissante. Cet homme et cette femme étaient de ces âmes-là. » (Gallimard, coll. « Folio Classique », t. I, p. 220)

En examinant certains évènements historiques qui lui sont contemporains et en condamnant les inégalités engendrées par le système, Victor Hugo défend aussi des valeurs du peuple. Selon lui, dénoncer les injustices politiques constitue même le devoir fondamental d'un écrivain.

PISTES DE RÉFLEXION

QUELQUES QUESTIONS POUR APPROFONDIR SA RÉFLEXION…

- Quels sont les traits romantiques que l'on peut retrouver dans l'œuvre ?
- On réduit souvent le romantisme à une vision simpliste et naïve de l'amour. Qu'en est-il dans le roman ? Comment apparait-il ?
- Le romantisme est étroitement lié à l'idée de révolution. Sous quelles formes peut-on retrouver cette notion dans le roman (tenez compte des thèmes et du contenu, mais aussi de la forme) ?
- En quoi peut-on dire que le personnage de Jean Valjean est une figure christique ?
- Quel est l'effet de la misère sur les personnages ? Quel message Hugo veut-il faire passer à ce sujet ?
- En quoi consiste la critique que Victor Hugo adresse à la société de son époque ?
- *Les Misérables*, comme la grande majorité des œuvres de Victor Hugo, est un roman profondément engagé. Décrivez les revendications politiques et sociales qui s'en dégagent.
- Quelles sont les caractéristiques du réalisme présentes dans le récit ?
- Comparez *Les Misérables* au tableau de Delacroix (peintre français, 1798-1863), *La Liberté guidant le peuple* (1830). Que pouvez-vous en déduire sur le romantisme en peinture ?

- En quoi la langue employée par Hugo dans le roman est-elle novatrice ? Comparez-la par exemple à *La Princesse de Clèves* (1678), roman de Madame de La Fayette (femme de lettres française, 1634-1693) ou à une pièce de Racine (poète tragique français, 1639-1699).

Votre avis nous intéresse !
Laissez un commentaire sur le site de votre librairie en ligne
et partagez vos coups de cœur sur les réseaux sociaux !

POUR ALLER PLUS LOIN

ÉDITIONS DE RÉFÉRENCE

- HUGO V., *Les Misérables*, Paris, Gallimard, coll. « Bibliothèque de la Pléiade », 1956.
- HUGO V., *Les Misérables*, Paris, Gallimard, coll. « Folio classique », t. I-II, 1973-1995.

ÉTUDES DE RÉFÉRENCE

- BRIÈRE C., *Victor Hugo et le roman architectural*, Paris, Honoré Champion, coll. « Romantisme et Modernités », 2007.
- DROUET G., « Le bâton de Jean Valjean. Marcher, sculpter, raconter», in *Poétique*, 2004/4 (n° 140), p. 467-482, https://www.cairn.info/revue-poetique-2004-4-page-467.htm
- GAILLARD P., *Victor Hugo : Les Misérables*, Paris, Bordas, coll. « Univers des Lettres », 1977.
- GALLOY D. et HAYT F., *De 1750 à 1848*, Bruxelles, De Boeck Wesmael, coll. « Du document à l'histoire », 1993.
- GALLOY D. et HAYT F., *De 1848 à 1918*, Bruxelles, De Boeck Wesmael, coll. « Du document à l'histoire », 1994.
- GUILLEMIN H., *Hugo*, Paris, Seuil, coll. « Points Littératures », 1988.
- JUIN H., « La bataille des *Misérables* », in *Victor Hugo*, Paris, Flammarion, 1984, tome II : 1844-1870, p. 462-477.
- NABET J.-C. et GUY R., « L'argent des misérables », in *Romantisme*, 1983, n° 40, p. 87-114.
- « République », in *larousse.fr*, consulté le 24 avril 2017,

http://www.larousse.fr/dictionnaires/francais/r%C3%A9publique/68535
- Vargas Llosa M., *La Tentation de l'impossible : Victor Hugo et* Les Misérables, Paris, Gallimard, coll. « Arcadès », 2008.

ADAPTATIONS

Les Misérables a fait l'objet de multiples adaptations, que ce soit pour le théâtre, la télévision ou le cinéma avec plus au moins de succès. On retiendra notamment :

- *Les Misérables*, film de Bille August, avec Liam Neeson, Geoffrey Rush, Claire Danes, Uma Thurman et Han Matheson, États-Unis–Royaume-Uni, 1998.
- *Les Misérables*, téléfilm de Josée Dayan, avec Gérard Depardieu, John Malkovitch, Virginie Ledoyen, Charlotte Gainsbourg et Christian Clavier, France, Italie, Allemagne, États-Unis, Espagne, Japon, Canada, 2000.
- *Les Misérables*, film de Tom Hooper, avec Hugh Jackman, Russel Crowe, Helena Bonham Carter, Anne Hathaway et Amanda Seyfried, Royaume-Uni, 2012.

SUR LEPETITLITTÉRAIRE.FR

- Commentaire portant sur la préface de 1832 du *Dernier Jour d'un condamné* de Victor Hugo.
- Commentaire portant sur la préface de *Cromwell* de Victor Hugo.
- Commentaire portant sur la scène II de l'acte I de *Hernani* de Victor Hugo.

- Commentaire portant sur le chapitre VI du livre I de *Notre-Dame de Paris* de Victor Hugo.
- Fiche de lecture sur *Claude Gueux* de Victor Hugo.
- Fiche de lecture sur *Hernani*.
- Fiche de lecture sur *Le Dernier Jour d'un condamné*.
- Fiche de lecture sur *L'Homme qui rit* de Victor Hugo.
- Fiche de lecture sur *Notre-Dame de Paris*.
- Fiche de lecture sur *Quatrevingt-Treize* de Victor Hugo.
- Fiche de lecture sur *Ruy Blas* de Victor Hugo.
- Fiche de lecture sur *Les Contemplations* de Victor Hugo.
- Questionnaire de lecture sur *Claude Gueux*.
- Questionnaire de lecture sur *Le Dernier Jour d'un condamné*.
- Questionnaire de lecture de *Quatrevingt-Treize*.

DUMAS
- Les Trois Mousquetaires

ÉNARD
- Parlez-leur de batailles, de rois et d'éléphants

FERRARI
- Le Sermon sur la chute de Rome

FLAUBERT
- Madame Bovary

FRANK
- Journal d'Anne Frank

FRED VARGAS
- Pars vite et reviens tard

GARY
- La Vie devant soi

GAUDÉ
- La Mort du roi Tsongor
- Le Soleil des Scorta

GAUTIER
- La Morte amoureuse
- Le Capitaine Fracasse

GAVALDA
- 35 kilos d'espoir

GIDE
- Les Faux-Monnayeurs

GIONO
- Le Grand Troupeau
- Le Hussard sur le toit

GIRAUDOUX
- La guerre de Troie n'aura pas lieu

GOLDING
- Sa Majesté des Mouches

GRIMBERT
- Un secret

HEMINGWAY
- Le Vieil Homme et la Mer

HESSEL
- Indignez-vous !

HOMÈRE
- L'Odyssée

HUGO
- Le Dernier Jour d'un condamné
- Les Misérables
- Notre-Dame de Paris

HUXLEY
- Le Meilleur des mondes

IONESCO
- Rhinocéros
- La Cantatrice chauve

JARY
- Ubu roi

JENNI
- L'Art français de la guerre

JOFFO
- Un sac de billes

KAFKA
- La Métamorphose

KEROUAC
- Sur la route

KESSEL
- Le Lion

LARSSON
- Millenium I. Les hommes qui n'aimaient pas les femmes

LE CLÉZIO
- Mondo

LEVI
- Si c'est un homme

LEVY
- Et si c'était vrai…

MAALOUF
- Léon l'Africain

Malraux
- La Condition humaine

Marivaux
- La Double Inconstance
- Le Jeu de l'amour et du hasard

Martinez
- Du domaine des murmures

Maupassant
- Boule de suif
- Le Horla
- Une vie

Mauriac
- Le Nœud de vipères

Mauriac
- Le Sagouin

Mérimée
- Tamango
- Colomba

Merle
- La mort est mon métier

Molière
- Le Misanthrope
- L'Avare
- Le Bourgeois gentilhomme

Montaigne
- Essais

Morpurgo
- Le Roi Arthur

Musset
- Lorenzaccio

Musso
- Que serais-je sans toi ?

Nothomb
- Stupeur et Tremblements

Orwell
- La Ferme des animaux
- 1984

Pagnol
- La Gloire de mon père

Pancol
- Les Yeux jaunes des crocodiles

Pascal
- Pensées

Pennac
- Au bonheur des ogres

Poe
- La Chute de la maison Usher

Proust
- Du côté de chez Swann

Queneau
- Zazie dans le métro

Quignard
- Tous les matins du monde

Rabelais
- Gargantua

Racine
- Andromaque
- Britannicus
- Phèdre

Rousseau
- Confessions

Rostand
- Cyrano de Bergerac

Rowling
- Harry Potter à l'école des sorciers

Saint-Exupéry
- Le Petit Prince
- Vol de nuit

Sartre
- Huis clos
- La Nausée
- Les Mouches

Schlink
- Le Liseur

Schmitt
- La Part de l'autre
- Oscar et la Dame rose

Sepulveda
- Le Vieux qui lisait des romans d'amour

Shakespeare
- Roméo et Juliette

Simenon
- Le Chien jaune

Steeman
- L'Assassin habite au 21

Steinbeck
- Des souris et des hommes

Stendhal
- Le Rouge et le Noir

Stevenson
- L'Île au trésor

Süskind
- Le Parfum

Tolstoï
- Anna Karénine

Tournier
- Vendredi ou la Vie sauvage

Toussaint
- Fuir

Uhlman
- L'Ami retrouvé

Verne
- Le Tour du monde en 80 jours
- Vingt mille lieues sous les mers
- Voyage au centre de la terre

Vian
- L'Écume des jours

Voltaire
- Candide

Wells
- La Guerre des mondes

Yourcenar
- Mémoires d'Hadrien

Zola
- Au bonheur des dames
- L'Assommoir
- Germinal

Zweig
- Le Joueur d'échecs

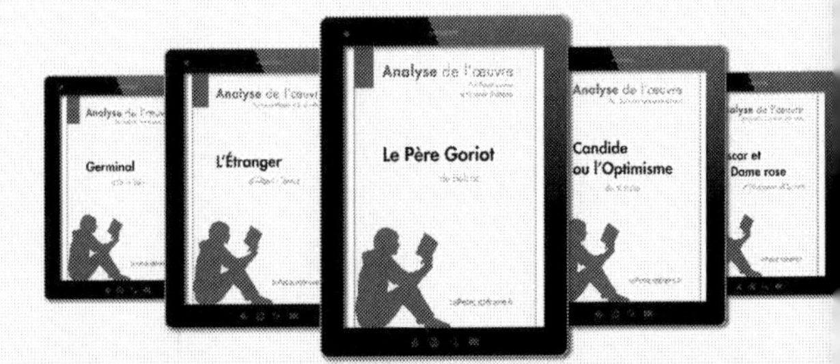

www.lepetitlitteraire.fr

ISBN version numérique : 978-2-8062-9302-2
ISBN version papier : 978-2-8062-9303-9
Dépôt légal : D/2017/12603/14

Avec la collaboration d'Harmony Vanderborght pour la thématique de la misère, l'encadré sur la dimension sociale ainsi que pour le chapitre « La veine romantique ».

Conception numérique : Primento,
le partenaire numérique des éditeurs.

Ce titre a été réalisé avec le soutien de la Fédération Wallonie-Bruxelles, Service général des Lettres et du Livre.

Printed in Great Britain
by Amazon